AS PESSOAS FICAM INSUPORTÁVEIS QUANDO EU BEBO

AS PESSOAS FICAM INSUPORTÁVEIS QUANDO EU BEBO

Este livro contém 520 frases soltas.
Evite chacoalhá-lo.

CIRO PELLICANO

ilustrações Laura Salaberry

Da Boa Prosa

Copyright © 2015
Todos os direitos reservados.

Nenhuma parte desta publicação poderá ser reproduzida por qualquer meio ou forma sem a prévia autorização da Editora Livros de Safra.

A violação dos direitos autorais é crime estabelecido na Lei n. 9.610/98 e punido pelo artigo 184 do Código Penal.

Projeto gráfico, capa e ilustrações: Laura Salaberry

Dados Internacionais de Catalogação na Publicação (CIP)
(Câmara Brasileira do Livro, SP, Brasil)

Pellicano, Ciro
    As pessoas ficam insuportáveis quando eu bebo /Ciro Pellicano; ilustrações Laura Salaberry. - São Paulo: Editora Da Boa Prosa, 2015.
    1. Citações 2. Livro de frases 3. Máximas I. Salaberry, Laura . II. Título.

15-09302   CDD-869.9802

Índices para catálogo sistemático:

1. Citações : Literatura brasileira 869.9802

 um selo da:

Alguns têm algo a dizer, outros a vontade de saber.

A gente aduba, planta e colhe palavras!

Livros de Safra
tel 55 11 3094-2511
www.livrosdesafra.com.br
Rua Simão Álvares, 663
cep 05417-030 – São Paulo – SP

Todas as famílias felizes se parecem, mas cada família infeliz é infeliz à sua maneira.

Leão Tolstói

(Anna Karenina é o livro que todo autor gostaria de ter escrito. Já eu, independente da incondicional admiração pela obra, o que gostaria mesmo é de ter escrito sua primeira frase.)

Para meus pais (cá entre nós, mais para minha mãe) que, sem internet, sem televisão e sem fralda descartável, resistiram bravamente à tentação de desembaraçar-se de cinco pequenos bárbaros no convidativo ribeirão que cortava a fazenda.

Para minha mulher, cuja primeira língua é o inglês, pela compreensão demonstrada durante a feitura do que ela carinhosamente sempre chamou de *this fucking book*.

Para meus filhos que, multiplicados pelos respectivos grupos de amigos, seguramente garantirão o quórum de uma eventual noite de autógrafos.

E para a saudosa professora que me iniciou nas infinitas possibilidades da língua (tinha certeza que este encerramento não iria dar certo).

Na visão de muitos autores, não é você que lê um livro; é o livro que lê você. Opiniões à parte, o que eu sei é que, irrelativamente a quem seja o agente ou o objeto da leitura, livro e leitor têm que estar juntos para que o conteúdo migre de um para o outro. Razão pela qual você ou sai da livraria com o compêndio que tem nas mãos ou não poderá viver a experiência (é a velha história de toda escolha implicar uma renúncia). E, se acabo de tirar o pó desse axioma, não foi para exercer nenhum tipo de pressão vendedora. Basta que você seja capaz de conviver com a dúvida que seu gesto, ou a ausência dele, deverá gerar: não saber se é o livro que deixará de ser lido por você ou se é você que vai continuar inédito para ele.

tenho o maior respeito pela **OPINIÃO ALHEIA.**

o que não tolero é **OPINIÃO CONTRÁRIA.**

Minha liberdade termina onde a de meu próximo começa, mas ele que trate de começar a sua um pouco mais pra lá.

Mandamento politicamente correto: honrarás pai e mãe; honrarás pai e pai; honrarás mãe e mãe.

A diferença entre um jardim botânico
e um jardim zoológico é que no primeiro
os animais circulam livremente.

Selfie: o infeliz viaja milhares de quilômetros para fazer uma foto dele mesmo.

Não existe a menor dúvida de que o homem descenda do macaco. E, se alguns ainda não conseguiram aceitar a ideia,
talvez seja porque descenderam mais tarde.

A produção de azeite de oliva virgem
é tão grande que seguramente
tem muita azeitona mentindo.

Longe de mim negar o sucesso da literatura
do norte da Europa, mas convenhamos
que uma noite de autógrafos de seis meses
deve dar um bom empurrãozinho nas vendas.

Acho louvável a distribuição de senhas para
organizar o atendimento e eliminar privilégios,
mas francamente não acredito que o sistema
devesse incluir toaletes.

A internet pode ter mudado a maneira
como os casais se conhecem, mas o modo
como eles se separam continua igual.

Por que é que a gente tem que morrer para ganhar
a vida eterna? Não daria para esticar a atual?

Sempre procurei ser uma pessoa pão, pão, queijo, queijo – até que um mineiro irresponsável turvasse as águas com a invenção do pão de queijo.

Existe expressão mais desnecessária do que *venho por meio desta*? Ou o destinatário poderia supor que você viria por meio de outra?

Para se sentir diferentes, as pessoas compram todas as mesmas coisas.

Pintei minha casa recentemente. Será que não daria para o Google Street View passar lá de novo?

Na tentativa de atrair novos fiéis, a igreja católica pensa em lançar uma hóstia sem glúten.

Meu conceito de paraíso continua sendo uma ilha deserta, mas com wifi.

Deus, se existe, deveria por fim às guerras religiosas. E, se não existe, poderia pelo menos avisar que está todo mundo se matando em vão.

Tenho o maior respeito pelo casamento entre mulheres. Afinal, não deve ser fácil conviver com duas menstruações por mês.

O curioso é que a fama não muda apenas o futuro das pessoas. Muda também o passado.

Eu também acho que todo mundo deveria abster-se de acessar a internet pelo menos uma vez por semana – mas desde que fossem todos ao mesmo tempo.

Com apenas duas ou três aplicações
de botox, qualquer mulher consegue ficar
20 anos mais ridícula.

Livre arbítrio é o espaçozinho
que nos sobra depois que a genética e a sociologia
tomaram seus lugares.

A melhor maneira de não fugir
às responsabilidades é despedir-se delas ao sair.

Sou 100% a favor de delegar tarefas. Na verdade,
sou a favor de delegar 100% das tarefas.

Nos países latinos, você não precisa
chegar na hora para ser considerado pontual.
Você só precisa chegar.

Medo do escuro não deixa de ser
uma espécie de racismo.
Por que é que ninguém tem medo do claro?

As entidades sem fins lucrativos
geralmente são sem fins e lucrativas.

Eu não me preocupo minimamente
com a opinião dos outros: o que me tira o sono
é pensarem que eu me preocupe.

O Criador continua a fazer vistas grossas,
mas já há um bom tempo a humanidade
anda precisando de um recall.

Sabe por que é tão difícil comprar cuecas
para um homem alto?
Porque as lojas só vendem roupas de baixo.

Sala VIP: local onde pessoas que nunca fizeram menos de três refeições por dia passam a agir como se nos últimos três não tivessem feito nenhuma.

Leio de um endividado que se suicidou com um tiro na cabeça. Fosse ele um pouco mais otimista, teria empenhado o revólver.

Só vou ao cinema se for comédia: é condição sine qua, qua, qua non.

Para uma boa noite de sono, você precisa ter um travesseiro de penas e uma cabeça de vento.

O médico: – O senhor já ouviu falar de amnésia alcoólica? O paciente: – Não, senhor. Acho que nunca tomei.

O que não mata, engorda.
O que engorda, mata mais tarde.

—+—+—+—

Como disse uma celebridade: VIM, VIP, VENCI.

—×××—

Para os brasileiros que voltam dos Estados Unidos, uma eventual troca de malas no aeroporto não deve ser motivo de preocupação: o conteúdo varia minimamente de uma para a outra.

Todo mundo conhece a máxima
Deus é o meu pastor e nada me faltará,
mas poucos devem ter notado que o segundo verbo da frase está no futuro. É que isso exime a religião de qualquer culpa por necessidades materiais ou espirituais que o infeliz esteja passando. É no futuro que nada lhe faltará.

———//———

O problema das pessoas felizes é que elas não têm o menor respeito pela depressão alheia.

Se a internet tivesse de fato cancelado as distâncias,
o Natal não veria metade da população
se deslocando centenas de quilômetros
para encontrar a outra metade.

Lembram-se das tediosas sessões de slides
às quais os amigos nos submetiam depois de cada
viagem? Agora elas acontecem durante.

Do jeito que as coisas vão,
logo logo elas vão deixar de ir.

O médico falou que eu preciso fazer exercícios dia
sim, dia não. Esta última parte eu já comecei.

Rede social é um ambiente em que você consegue
fazer milhares de amigos e continuar sozinho.

Entendo que Eva tenha dado à luz Caim e Abel, mas como é que a história continuou depois que um matou o outro? Na minha opinião, Adão chamou Caim e contou pra ele o truque da costela.

O verbo crer, embora considerado de ação, foi sempre capaz de conservar paradoxalmente a inércia do sujeito.

Depois de pagar milhões de dólares pelo uso de um rosto famoso, os fabricantes de cosméticos o retocam de tal maneira que se vêem obrigados a acrescentar à peça publicitária o nome da agora irreconhecível celebridade.

Se houvesse sido escrito nestes tempos de impunidade, *Crime e Castigo* de Dostoiévski teria uma palavra a menos no título.

Toda a poesia que pudesse haver na expressão *um passarinho me contou*, eliminou-a o twitter.

Sentimento de culpa é encontrar sua mulher
em prantos e não ter nenhuma dúvida
de que o motivo é você ter feito
ou deixado de fazer alguma coisa.

I love
Offenbach,
but I play
more
often Bach.

Tudo tem começo, meio e fim, excetuados
o começo que não tem meio nem fim;
o meio que não tem fim nem começo;
e o fim que não tem começo nem meio.

A sedução é 50% tarefa do sedutor,
50% da pessoa seduzida.

Se você está se sentindo deprê, o melhor é fazer uso
de outra apócope e tomar um comprê.

Sabe por que a classe média baixa se chama baixa e a classe média alta, alta? Porque a estatura média dos integrantes da classe média baixa é mais baixa do que a estatura média dos integrantes da classe média alta.

Quando Jesus fez o trocadilho com *Pedro* e *pedra*, por acaso alguém levantou a mão para dizer que se tratava de um recurso menor?

Era um turista obsessivo: não podia ver poça d'água sem jogar uma moedinha.

Não quero parecer insensível, mas prefiro dispensar demonstrações de solidariedade que não tenham exigido do demonstrante mais do que o esforço de um clique.

Ao fim de uma noite de excessos, dizem que é bom correr um pouco. O único risco é derramar a bebida.

Se a parte de cima de um veículo se chama *capota* e a parte da frente *capô*, por que é que abandonamos o padrão e batizamos a parte de trás de *rabeira*?

Se Leibniz vivesse hoje, certamente teria mudado sua máxima *Este é o melhor dos mundos possíveis* para *É possível que este seja o melhor dos mundos*?

O objetivo dos programas de alfabetização é fazer com que as classes menos favorecidas aprendam a escrever o nome em promissórias e recibos de cartão de crédito.

Redes sociais.
O predomínio da palavra escrita sobre a palavra oral só veio confirmar o óbvio: quem não sabia falar sabe menos ainda escrever.

Faz-me rir as pessoas gastarem milhares de dólares com relógios cuja hora tem os mesmos sessenta minutos da minha.

Não sei se os persistentes compradores de bilhetes já se deram conta de que o vocábulo *loteria* tem a mesma terminação do futuro do pretérito, tempo verbal que se refere a fatos de incerta realização. Por exemplo, *ganharia*.

— × × × —

Não empresto livros porque ninguém os devolve. O que estou lendo, por exemplo, já nem me lembro de quem fosse.

— + — + — + —

Einstein sabia tanto que, quando não houve mais o que saber, ele teve que inventar.

— ♦♦♦ —

Hoje em dia são poucos os assuntos que despertam meu interesse. Na verdade, são poucos os assuntos que me despertam.

— // —

Apesar do maniqueísmo hollywoodiano, descobri muito cedo que o mundo não é feito apenas de mocinhos e bandidos. Existem também os mocidos e os bandinhos.

Franco-atiradores.
Se a atividade da categoria consiste
em agir de emboscada,
o que é que eles teriam de franco?

Perdoe-me corrigi-lo, mas *concerto de câmara*
não guarda absolutamente nenhuma relação
com *borracharia*.

Era um restaurante tão caro que o leitor de cartão
de crédito também funcionava como desfibrilador.

Não só defendo o direito ao aborto como,
em alguns voos, chego a pensar que ele deveria
ser exercido com um pouco mais de frequência.

Hoje em dia não basta ser contra-corrente:
é necessário também ser contra-algoritmo.

Se apesar da previsão de chuva
você decidir almoçar ao ar livre, uma porção
de sopa será mais do que suficiente.

Não só sou contrário ao casamento de pessoas
do mesmo sexo, como também daquelas de sexo
diferente.

Assim que os cruzados partiam em busca
do Santo Graal, suas mulheres saíam à procura
de um bendito serralheiro.

Apesar de sua extensa produção artística,
Rossini – que nasceu num 29 de fevereiro –
será sempre considerado um compositor bissexto.

Jamais me esquecerei do dia em que deixei
a casa parterna: meu pai fechou a porta
e girou a chave duas vezes.

O que pretendo fazer na hora da morte é o mesmo que tenho feito em outros momentos difíceis da vida: tirar o corpo fora.

– Atenção, senhores passageiros, dentro de poucos instantes iniciaremos nosso serviço de bordo. Por favor, certifiquem-se de que a bolsa da poltrona à sua frente esteja equipada com o saquinho de vômito.

〈〈〈〈〈 〉〉〉〉〉

Uma manada de elefantes alertou um rebanho de ovelhas que uma matilha de lobos se aproximava. As ovelhas riram muito: se era matilha, só podiam ser cães. Os elefantes, constrangidos pelo erro cometido, seguiram seu caminho. Já as ovelhas, morreram de alcateia.

———

O primeiro livro é tão decisivo para nosso amor ou desamor pela leitura que todo mundo deveria começar pelo segundo.

✦ · ✦ · ✦

Primavera é a época do ano
em que brotam mesas nas calçadas.

Desculpe decepcioná-lo, mas alguém precisa lhe dizer: você não só não vai ganhar na loteria como nenhum tio desconhecido vai surpreendê-lo com uma herança.

Como a cidade de Sodoma gerou uma série de vocábulos de conotação sexual, não entendo por que Gomorra não tivesse seguido o mesmo caminho. Bastaria, por exemplo, chamar a doença de gomorreia.

Tema para uma estorinha de vampiros. Uma jovem vai ao motel com um desconhecido e escolhe um apartamento com espelho no teto. Lá pelas tantas, ao ver sua imagem refletida, descobre que está fazendo sexo sozinha.

Por que é que, antes das redes sociais, não havia essa compulsão generalizada de expressar o privado publicamente?

Ao contrário do petróleo, a estupidez humana tem reservas inesgotáveis.

Segundo os historiadores, a Rússia derrotou Hitler e Napoleão com a ajuda do General Inverno. Já para me abater quando de minha ida a Moscou, não foi necessário mais do que o Soldado Raso Outono.

Antigamente, para denunciar excessos no topo de determinada hierarquia, costumava-se dizer que havia mais caciques do que índios.
Hoje, quando as escolas de culinária se multiplicam mais do que cogumelos, podemos tranquilamente reformular a frase e afirmar que existem mais chefs do que comensais.

Como disse o pistoleiro para a esposa:
– não vamos revólver o passado.

Conheço mil músicas de amor que falam em namorada, namoradinha, amada, companheira, etc. Mas não me lembro de nenhuma que fale em cônjuge.

Ao completar 12 anos, um whisky de baixa qualidade continua de baixa qualidade. Mesma coisa com os homens: o envelhecimento não garante sabedoria.

Monossílabo: cinco sílabas para designar uma palavra que tem uma só.

Brunch.
Refeição que permite ao público misturar o café da manhã com o almoço; e ao restaurante, tudo o que sobrou do dia anterior.

Eclipse é o fenômeno em que um astro deixa de ser visível no todo ou em parte devido à sombra de outro astro. Estamos falando de astronomia ou de Hollywood?

Escolhera o papel de vítima já na tenra infância: sua música preferida era *O Gato Atirou um Pau em Mim*.

A jovem guarda,
Vejam só,
Virou a velha guarda,
Que virou pó.

Sabe qual é o problema de ser pai em idade avançada? Toda vez que seu filho pedir colo, torcicolo.

POR FAVOR,
NÃO ME ESCREVA NADA
QUE ATÉ VINTE ANOS ATRÁS
NÃO O TERIA FEITO
CAMINHAR ATÉ O CORREIO.

Os soquetes elétricos são antropomorficamente chamados de macho e fêmea. Coerente com a analogia, o soquete fêmea tem dois orifícios. Mas como explicar os dois pinos do soquete macho?

O problema de casar com uma mulher muito mais jovem é que, quando você tiver 60 anos, o segundo marido dela vai ter aproximadamente a metade.

Segundo Maiakóvski, é melhor morrer de vodka do que de tédio. Com todo o respeito, prefiro viver de vodka.

A máxima socrática: Só sei que nada sei.
A máxima googliana: Só sei onde encontrar.

Pior do que chegar ao fundo do poço é descobrir que se trata de um poço sem fundo.

Atenção, interessados em conhecer os grandes nomes do pensamento universal: se vocês não forem até Montaigne, Montaigne infelizmente não virá até vocês.

Longe de mim a ideia de levar vantagem sobre alguém – mas não tão longe que não me permita mudar de opinião.

Famosa cadeia de fast food escolhe Stratford-upon-Avon para o lançamento mundial de seu novo hamburger, que deverá receber o nome de Macbeth.

Os outros seis anões ficavam enciumadíssimos, mas Branca de Neve não queria nem saber: toda tarde, Soneca.

Viagem é uma experiência da qual você deveria voltar enriquecido. E não o contrário.

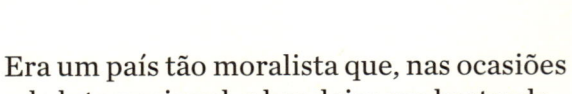

Era um país tão moralista que, nas ocasiões
de luto nacional, a bandeira era hasteada
a meio pedaço de madeira.

Jogo de azar: partida da qual seu time sai perdedor.

Casamento é a união de duas pessoas
que não conseguem viver uma sem a outra
até não conseguirem mais viver uma com a outra.

Inoportuno mesmo foi aquele anônimo personagem
que, depois de ver Jesus transformar a água em
vinho, quis saber se era Merlot ou Cabernet.

Tão resistente a qualquer tipo de aprendizado
que a única coisa que conseguia fazer
de olhos fechados era dormir.

Informação já foi poder. Fragmentos de informação, com os quais somos bombardeados hoje em dia, infelizmente não podem nada.

— × × × —

Sempre que vejo um apresentador de tevê gritar – Olá, galera! imagino que a tripulação de algum antigo navio a vela esteja assistindo ao programa.

Herança genética: a única sobre a qual ainda não incidem tributos.

O publicitário cartesiano: – Penso, logomarca.
O político cartesiano: – Penso, logorreia.

Em Nova York há uma área da cidade chamada Alphabet City. Não confundir com as analphabet cities que pululam no meio oeste do país.

Não é o álcool que cria dependência: são os amigos alcoólatras.

PRIMEIROS DE ANO

A vantagem de adotar uma visão ecumênica do mundo é que você multiplica as possibilidades de, de fato, colocar em prática suas resoluções de Ano-Novo. Se lá pelo final de janeiro, por exemplo, sua força de vontade já tiver cedido um pouco em relação a qualquer nova atividade que você tenha abraçado – frequentar a academia, aprender uma segunda língua, ler *Em Busca do Tempo Perdido*, etc – você poderá sempre recomeçar dia 31 de janeiro, início do Ano-Novo chinês. E, se aqui também você esmorecer, tente outra vez no 1º de março, dia que deflagra o Ano-Novo hindu. Isso sem falar em mais dois ou três calendários que deverão levar a pelo menos seis suas possibilidades de não se desviar das decisões tomadas naquele longínquo 1º de janeiro.

Agora que as dores das quais reclamava meu pai
começam a surgir em mim, devo dar razão
a Bertrand Russell: temos que escolher melhor
nossos antepassados.

Imigrante ilegal: habitante do planeta Terra,
cujo deslocamento geográfico desagrada
os donos do planeta.

Eu não caminho: o que faço
é passear minhas preocupações.

O novaiorquino que carrega um copo de uísque
na happy hour do fim da tarde é o mesmo
que carregou cocô de cachorro
na unhappy hour do início da manhã.

O urânio reproduz no reino mineral um fenômeno
bastante comum entre os homens: só depois
de enriquecido é que dão atenção a ele.

Constato,
Cochilando no vagão:
Há mais dormentes aqui
Do que no chão.

Na fazenda em que cresci não havia luz elétrica
– como se eu ligasse.

⋘ ⋙

Por que a ênfase naquele que atira a primeira pedra?
E o que atira a segunda ou a terceira?

A figura do desmancha-prazer existe desde
os tempos bíblicos. Como se chamava,
por exemplo, aquele personagem que expulsou
Adão e Eva do paraíso?

Quando finalmente conseguiu colocar sua vida
nos trilhos, veio um trem e atropelou-o.

Por que desejar justamente a mulher do próximo?
Será que não daria para escolher a de alguém
um pouquinho mais longe?

Por conta de uma repetina tempestade, estou
confinado à proteção de uma marquise estreita
e disputada. Faíscas riscam o céu, seguidas de
estrondos assustadores. Ainda bem que, como
sabemos, ninguém verá o raio qu

Foi desenganado pelos médicos – isto depois
de o terem enganado anos a fio.

O estado existe para regular a sociedade;
a sociedade, para fazer saber ao estado
como prefere ser regulada.

A ação de beber é social; a de vomitar, privada.

DUBLIN ESTÁ PARA LISBOA
assim como
JOYCE ESTÁ PARA PESSOA.

Sentado numa praça em Paris, sou cercado
por um grupo de japoneses para os quais um guia,
armado de megafone, disserta apressadamente
sobre a história do local. Pela expressão
de desinteresse coletivo, tenho certeza
que eles voltarão para casa
tão desinformados quanto eu.

O álcool é um ótimo lubrificante social,
desde que você não se lambuze além da conta.

Paciência é um dom. Se você não o tiver, paciência.

Não tenho nada contra as pessoas abstêmias.
Só me abstenho de frequentá-las.

Já houve um tempo em que, para se transformar
em múmias, os soberanos precisavam morrer.

Era um pintor tão abstrato que, a certa altura
da carreira, passou apenas a imaginar
os quadros que faria.

Não consigo me livrar da sensação de que o mundo
já deu seta e está prestes a me ultrapassar.

Os cursos intensivos de inglês são como
as operações do serviço secreto britânico:
não deixam vestígio.

Os três poderes,
Se eu pudesse,
Poderiam
Muito menos.

Quando a expectativa de vida não passava
de 50 anos, era suficiente fazer um pé de meia.
Hoje em dia, você vai precisar dos dois.

A popularização do sexo oral nas universidades
americanas deve-se ao boca a boca criado
em torno do assunto.

Só depois de desvelada,
é que a mentira se torna deslavada.

Como os italianos falam com as mãos,
seria curioso saber com que frequência usam
a esquerda ou a direita e se a escolha coincide
com a orientação política de cada um.

Estou mais do que na idade de passar a fazer as
coisas que eu – e somente eu! – julgo importantes
para mim. Você não acha, querida?

Como é que algo tão singelo quanto um presépio
pode ter dado origem à palavra *presepada*?

Adequação da toponímia urbana aos tempos atuais: Ladeira da Memória RAM, Largo do Nespresso, Frequesia da @, Largo da Batata Chip.

Viajei para a Europa à procura de mim mesmo. Vinte anos depois, descobri que não estava lá.

Numa festa de casamento, o penetra é uma figura duplamente censurável: primeiro, por se fazer passar por quem não é; segundo, por trazer à tona um verbo que, na ocasião, ninguém senão o noivo deveria conjugar.

Apesar da lei anti-fumo, uma boa parcela da população continua a falar – *nóis fumo*.

É sempre louvável o gesto de depositar confiança em alguém. Mas, por via das dúvidas, fique com a chave do cofrinho.

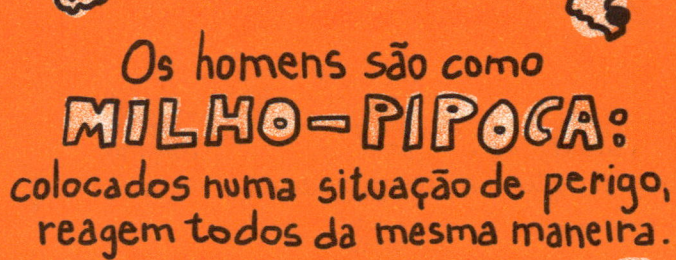

Os homens são como **MILHO-PIPOCA:** colocados numa situação de perigo, reagem todos da mesma maneira.

As pessoas procuram fugir dos problemas
esquecidas de que, o mais das vezes,
o problema são elas.

— × × × —

Estou numa altura da vida em que, se decidir
lançar uma empresa, terá de ser uma endup.

Durante uma partida de futebol, acontecem
tantas bolas na trave que até hoje não entendi
por que é que não deslocam o gol
um pouco para o lado.

⟪⟪⟪⟪ ⟫⟫⟫⟫

Fizera tão pouco na vida que, se um dia ela virasse
filme, não seria mais do que um coadjuvante.

Governo.
Eu sei que é difícil contentar todo mundo,
mas o que me espanta é a facilidade
com que conseguem desagradar a todos.

Ao escrever, mantenho um cesto de papeis
ao lado da escrivaninha.
Por enquanto, ele tem levado a melhor.

Pingue-pongue: vocábulo onomatopaico cujo
significado são duas pessoas perdendo o tempo
uma da outra.

A Estátua da Liberdade, presente da França
aos Estados Unidos, é uma espécie de Cavalo de Troia
com turistas predadores no lugar
dos guerreiros originais.

O problema de se acostumar à boa vida é que,
de um momento para o outro, ela pode deixar
de ser boa. Pior ainda, pode deixar de ser vida.

As poltronas da classe econômica inclinam
tão pouco que só pode ser piada o aviso
para colocar o encosto na posição vertical.

Fui conhecer o minúsculo, mal iluminado e desconfortável quarto em que Proust, no leito, escreveu *Em Busca do Tempo Perdido*. A comparação com as condições atuais de qualquer pessoa que se disponha a escrever um livro – luz abundante, móveis ergonômicos, computadores avançadíssimos, softwares de composição, etc – é constrangedora. Apesar disso, mais de 90% da produção literária atual é tempo perdido...

Quando leio de alguma atriz que teria se apresentado de cara lavada, o que devo pensar? Que normalmente ela não a lava?

As religiões se multiplicam porque a fé é cega. E os responsáveis continuam impunes porque a justiça também o é.

Atrás de todo homem de sucesso, existe uma grande mulher. Quando não, duas.

Marco Polo: nunca esteve no polo, mas soube transformar suas viagens num marco.

Só não gostaria de morrer famoso para não ter que entregar 30% das cinzas à minha ex-mulher.

—◆◆◆—

Leão, o rei da floresta, é um exemplo de aposto. Mas aposto que, com o novo acordo ortográfico, você titubeou um pouco na leitura.

— ✳ —

Ganham-se batalhas, perdem-se batalhas, mas *Guerra e Paz* de Tolstói você não pode perder.

✦·✦·✦

Tico-Tico no Fubach: versão erudita da famosa composição de Zequinha de Abreu.

〰〰〰

O pintor cubista apaixona-se por uma pintora dadaísta. Foi um amor surrealista.

O casamento guarda uma notável semelhança com o regime penal semiaberto: a gente trabalha fora e dorme em casa.

– Eu sempre soube qual seria minha área de interesse na vida: na tenra infância, já brincava de ginecologista com minhas amiguinhas.
– Ah, o senhor é médico?
– Não.

A vantagem de estudar com um tutor é que você vai ser sempre o primeiro da classe.

O extremo da pedagogia.
Para obrigar os canhotos a escrever com a mão direita, minha professora nos ameaçava com a amputação da esquerda.

Um não presta atenção à pergunta;
o outro não demonstra interesse pela resposta.
Bem-vindo a um casamento.

Sempre tive medo do desconhecido,
mesmo depois de ter sido apresentado.

A conta telefônica de quem pensa para falar é
sempre menor do que a de quem fala sem pensar.

Voto é a arma com que a sociedade
tira um mau político do poder
e coloca outro em seu lugar.

Gerúndio.
Forma verbal que permite ao sujeito dissimular
que ainda não fez o que já deveria ter feito.

Ao terceirizar para tabletes e celulares a
armazenagem de informações, estamos contribuindo
para a obsolescência de um antigo repositório
chamado cérebro.

Minha relação com dinheiro é a mesma que
mantenho com parentes distantes: só nos vemos
de vez em quando.

Tolstói escreveu *Guerra e Paz* assim que se casou com Sofia Behrs. A história inspira-se nas Guerras Napoleônicas. O título, em seu casamento.

Eu tinha um tio pescador.
Metade do que ele contava era mentira.
A outra metade não tinha acontecido.

As últimas palavras ouvidas por Aquiles:
– Fique tranquilo, ninguém morre por causa de uma flecha no calcanhar.

Sabemos todos que não se deve falar em corda em casa de enforcado. Agora eu pergunto: quais são as chances de você visitar uma casa do gênero?

Como disse uma bengala para a outra:
se não nos mantivermos em forma,
logo logo vamos ter que comprar um idoso.

Recebi, de meus antigos colegas de escola, um
convite para a festa de 40 anos de formados.
Penso seriamente em declinar, pois o cacófato que
descreve o encontro – 40 anos de formados –
já antecipa o clima de decrepitude que deverá
marcar a ocasião.

A ideia de que os últimos serão os primeiros
obviamente não é criação desses últimos.

Fiz uma promessa: se conseguir lembrar a anterior,
passo a anotar tudo o que prometo.

Eram tão próximos que não conseguiam enxergar
os defeitos um do outro.

Se você pretende dedicar-se à literatura, o melhor
período para escrever é à noite. Durante o dia,
os credores vão atrapalhar seu trabalho.

DE 3D, CHEGA A VIDA.

Uma das questões que me afligem atualmente
é saber se é a noite que fica entre dois dias
ou se é o dia que fica entre duas noites.

Dizem que o suicídio é um ato de covardia.
Pode até ser, mas é a covardia mais corajosa
que eu conheço.

Nada tenho contra os panamenhos, mas
não deixa de causar um certo constrangimento
a ideia de um país que vive de pedágio.

Expressão politicamente correta:
a ovelha afro-americana da família.

Flaubert escreveu Madame Bovary na casa da mãe.
Se fosse a casa do pai, teria escrito Monsieur Bovary.

Sempre que uma ideia me foge da cabeça, fico
imaginando qual não deva ser a situação por lá.

Não que eu seja supersticioso mas acho que,
à mesa, todo mundo deveria ter seu próprio saleiro.

Jesus sabiamente falou:
– *Vinde a mim as criancinhas* e não:
– *Ide aos padres as criancinhas*.

A todo orador que afirme lhe faltar palavras,
tenho vontade de atirar um dicionário.

Não vejo nenhum problema em entregar
as chaves da cidade para o Rei Momo
desde que, ato contínuo, troquem a fechadura.

Sempre pensei em conhecer as ilhas gregas.
Na verdade, mais pelas gregas do que pelas ilhas.

Identifico-me com a arte moderna porque tanto eu
quanto ela estamos deixando de sê-lo.

Como o universo cultural dos habitantes da Galileia
fosse profundamente influenciado pelo mar,
houve de início uma certa confusão sobre
um dos postulados mais famosos de Cristo:
não estavam seguros se ele teria dito
quem nunca pecou ou *quem nunca pescou*.

A natureza é parcimoniosa: quando oferece um
dom, subtrai outro. É só observar, por exemplo,
os cantores de ópera.

Buffet self-service.
Uma expressão para a qual contribuíram duas
línguas com escasso benefício para a sua.

O sonho de Freud era ouvir o dos outros.

Dizem que palavras cruzadas ajudam a previnir o Alzheimer. Já eu, acho que contra o Alzheimer o máximo que a gente pode fazer é cruzar os dedos.

Sou muito metódico: todo dia acordo
e não ando exatos trinta minutos.

Os moradores de cobertura que me desculpem,
mas a eles também caberá passar
a eternidade no subsolo.

Lembrando Glauber Rocha.
Ontem: uma câmera na mão e uma ideia na cabeça.
Hoje: nenhuma ideia na cabeça e um celular na mão.

Domingo fui ao museu:
vi algumas nucas
muito interessantes.

Eu gosto de domingo porque posso me preocupar
em paz com os problemas da semana.

Classe média.
Se fazem churrasco na varanda,
imaginem o que não devem fazer no quarto

Você estuda anos para dominar um assunto,
aí vem alguém e diz que você precisa sair de sua
zona de conforto.

Quando você encontrar a mulher de sua vida,
faça de maneira que a vida continue a ser sua.

Ideia para um livro sobre o autor
de *O Grande Gatsby*: Fitzgerald de A a Zelda.

Se dependesse de mim, as histórias teriam sempre um final feliz. Abel, por exemplo, abriria uma confeitaria com Caim e, usando uma receita materna, enriqueceria vendendo tortas de maçã.

Hobby do médido legista: pintar naturezas mortas.

Eu saí de casa aos 18 anos;
já meus filhos, só se a casa sair deles.

Meu problema com o mundo digital
é que continuo a ter uma alma analógica.

Não quero colocar em dúvida a fidelidade de esposas ou donzelas dos antigos cruzados, mas a arqueologia ainda não encontrou nenhum esqueleto com cinto de castidade.

Se você acha que os livros eletrônicos são superiores, tente usar um deles para calçar um móvel de pé quebrado.

~.~.~.~.~.~

O que fiz na escola
Não esquecerei jamais:
Apontei meus lápis,
Desapontei meus pais.

~.~.~.~.~.~

Átomos X Bits.
Os jovens de minha geração sonhavam construir uma pousada. Os de hoje sonham um aplicativo capaz de reservá-la.

——— * ———

Ouço muita gente dizer que gostaria de ter vivido numa outra época. Embora não possa negar que a ideia também me atraia, não recuaria além de 1902 – ano em que inventaram o ar condicionado.

— x x x —

O decote feminino guarda uma semelhança muito grande com as trilhas sonoras de filmes medíocres, usadas apenas para enfatizar a intenção do diretor.

Conheço uma quantidade não desprezível de
excelentes restaurantes – mas, como nenhum dos
proprietários jamais recomendou
meus serviços, porque é que eu, de meu lado,
deveria recomendar o deles?

Minha mulher diz que jamais poderia ser uma espiã,
pois – se torturada – falaria tudo. Mal sabe ela que,
se o fizessem, seria para que calasse.

Hoje em dia é difícil fazer sucesso:
o público está cada vez menos exigente.

Como Proust demorou catorze anos para escrever
sua obra, fica difícil saber a qual tempo perdido ele
se refere.

Dos pronomes possessivos, o mais possessivo
é o da primeira pessoa do singular.

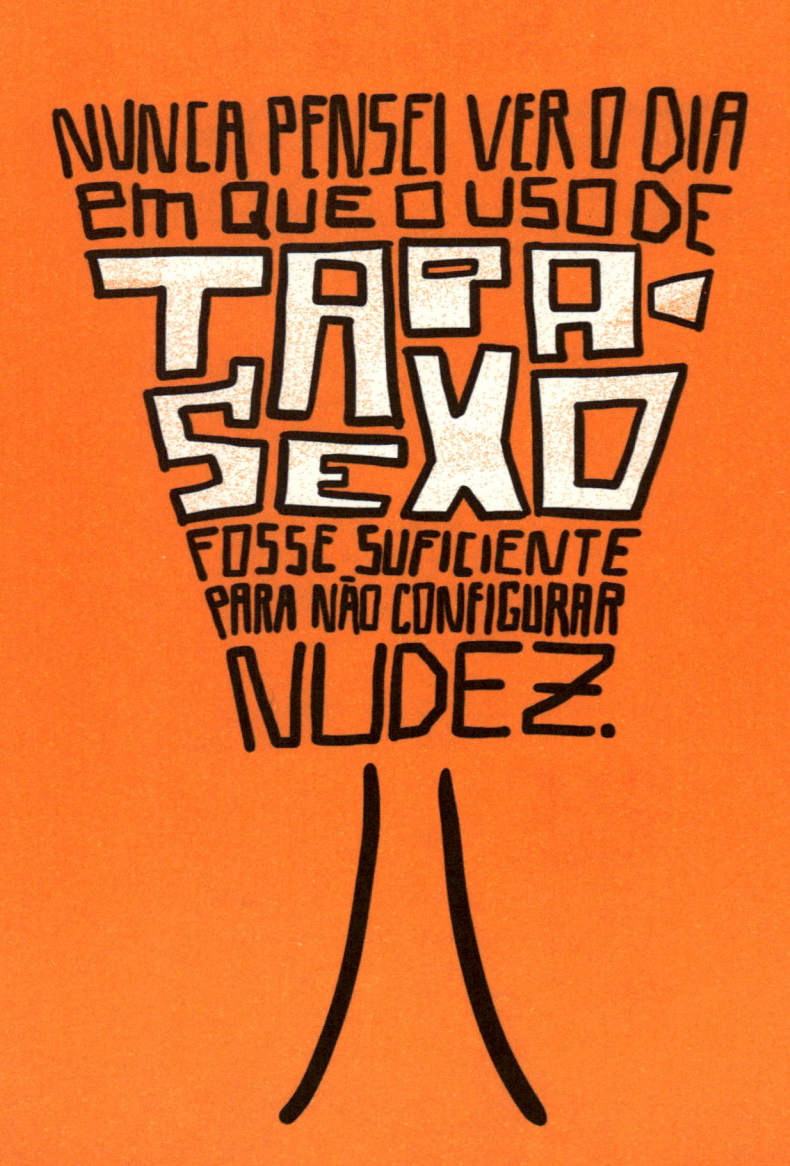

NUNCA PENSEI VER O DIA EM QUE O USO DE TAPA-SEXO FOSSE SUFICIENTE PARA NÃO CONFIGURAR NUDEZ.

O cúmulo da hipocondria: – Acho que não fiz muito bem para a comida do almoço.

Conselho para quem tem problema de pé: – Sente-se, diabos!

Grupo sanguíneo: conjunto de pessoas facilmente irritáveis.

Perguntado sobre o plural de lápis, um colega do curso primário responde sem piscar: – estojo!

Nutro o maior respeito por Tolstói, mas jamais o perdoarei ter atirado Anna Karenina sob um trem.

NO ELEVADOR

– Bom dia.
– Bom dia.

– Até logo.
– Até logo.

Li *Os Miseráveis* inúmeras vezes, mas sempre com um certo constrangimento de fazer Jean Valjean passar por tudo aquilo outra vez.

———//———

Desculpe-me corrigi-lo, mas meteorismo não tem nada a ver com o Cometa de Halley.

——♦♦♦——

Achados e Perdidos: a julgar pelo nome, local em que objetos eventualmente achados são novamente perdidos.

—+—+—+—

Tentou várias profissões, mas sem sucesso: sofria de um problema desistencial.

—×××—

O único alongamento em que consigo pensar de manhã é o de meu tempo de permanência no leito.

Chamar um restaurante chinês de Genghis Khan, o sanguinário guerreiro que invadiu a China no século XIII, é como batizar um restaurante francês de Adolf Hitler.

A igreja católica não aceita o casamento entre pessoas do mesmo sexo, como até pouco tempo também não aceitava que a terra girasse em torno do sol.

Na Idade Média, havia 16.000 anônimas torres na Europa. Ao tomar consciência disso, o prefeito de Pisa teve uma ideia.

Um pedófilo resumindo a obra: *Lolita* é um famoso romance escrito por Vladimir Nabokov quando ela tinha 12 anos.

É inútil ter um plano de saúde se você não tiver outro para mantê-la.

Os 40 cm² de um CARTÃO DE CRÉDITO são uma das áreas MAIS PERIGOSAS do planeta.

Quando se falava em sociedade de consumo, fazia-se isso em oposição a um estilo de vida que hoje não existe mais. A sociedade tornou-se 100% de consumo.

Lá em casa havia um galinheiro, mas eu evitava travar relações com seus ocupantes porque toda semana minha mãe dava cabo de dois deles.

A humanidade bebe vinho desde tempos imemoriais. Eu bebi ontem à noite e também não lembro nada.

A decisão da Broadway de comercializar os ensaios de uma peça autoriza os autores de teatro a cobrar ingressos para vê-los escrever.

A sorte é como serviço de quarto: bate à porta sempre no momento errado.

Não gostaria de tirar conclusões apressadas mas, se juntarmos a suspeita de que a *Mona Lisa* seria um autoretrato de Da Vinci com o fato de que ele só escrevia na frente do espelho, não sei não...

Verdade é a conformidade com o real. Mentira é o esforço para que uma coisa se encaixe na outra.

A máxima *Ladrão que rouba ladrão tem cem anos de perdão* fazia sentido quando as vítimas desonestas ainda eram exceção. Sua aplicação hoje deixaria impune boa parte dos amigos do alheio.

A inquietação criativa você satisfaz produzindo (não consumindo) alguma coisa.

Você já notou que, nos voos, o vídeo com instruções de emergência só é exibido depois que a porta do avião já foi fechada? É que, se fosse mostrado antes, muita gente cairia fora.

Nasci numa cidadezinha em tudo idêntica a
milhares de outras – tanto é que nunca mais
consegui encontrá-la.

〈〈〈〈〈 〉〉〉〉〉

A saudade que sinto da Itália torna-se mais aguda
entre meio-dia e duas da tarde.

Sentia-se mais cheio de possibilidades
do que um falso eunuco num harém.

Eu não sonho em ganhar rios de dinheiro:
um corregozinho e não se fala mais nisso.

Benfeitor da sociedade é alguém que precisa
reduzir o lucro líquido da sua.

Uma das características do implante de cabelo
é que a rejeição não se manifesta no implantado,
mas sim nas pessoas à sua volta.

Para colocar *meu pai* e *carinhoso* na mesma frase,
só mesmo recorrendo à contemporaneidade
dele com Pixinguinha.

Se você pretende ter uma real visão de mundo,
desative seu foco automático.

Um livro,
Se o tomo emprestado,
Não o devolvo
Na cara dura.
Mais ainda
Se for capa dura.

As viagens não só perderam a magia,
como perdem constantemente minha mala.

faça-se a luz

Ah, sim
faça-se
também
a conta
de luz

O médico falou que eu preciso caminhar
vinte minutos todo santo dia. Ainda bem
que os dias santos não são muitos.

Se o cachorro é o melhor amigo do homem,
por que é que se usa o termo *cachorrada*
para designar uma má ação praticada
por esse amigão dele?

O supreendente não é o que minha mãe fazia
com as sobras, mas sim que fizesse sobrar.

Filho Pródigo.
Parábola muito popular no tempo em que os filhos
ainda deixavam a casa parterna.

Se foi Deus quem criou o homem,
como é que a criatura se saiu tão malcriada?

Há dias fadados ao insucesso, quer você levante com
o pé direito, esquerdo ou plantando bananeira.

Não existe racismo no Brasil, terra onde também
não se fazem falsas afirmações.

Minha memória é uma biblioteca cujos livros
têm as lombadas voltadas para as paredes.

Coerente, Napoleão não só coroou-se a si próprio
como também perdeu a coroa sozinho.

O segredo da vida é brincar a vida inteira.
E, se algo der errado, você sempre poderá dizer:
– Eu estava brincando...

Dizem que a idade nos torna sábios, mas eu trocaria essa sabedoria toda por uma ereção juvenil.

Amigão é aquela pessoa que está sempre perto quando precisa de você.

Era uma mulher de re(puta)ção duvidosa.

Como perguntou aquele cínico:
– Qual é o duplo sentido da vida?

Se o estágio atual da informática é realmente tudo aquilo que alardeiam, por que é que um supercomputador não estuda a obra de Mozart e continua compondo?

O problema de abrir uma exceção
é não conseguir fechar de volta o recipiente.

Sempre me preocupou a vagueza da expressão
Amigo é pra esssas coisas. Que coisas são essas?
E aquelas, também estão incluídas?

Os heterônimos de Fernando
eram uma multidão de Pessoas.

A gente só vive uma vez. De quantas
encarnações você vai precisar
para entender isso?

O problema da força de vontade é que em geral
as pessoas não possuem nenhum dos dois
elementos que compõem a expressão.

Chega uma altura da vida em que a gente começa a ficar melhor em CARICATURA do que em FOTO.

Uma coisa é confundir Alexandre Dumas Pai
com Alexandre Dumas Filho.
Outra, bem diferente, é atribuir ao primeiro
a autoria de *O Conde das Camélias*; e ao segundo,
a de *A Dama de Monte Cristo*.

Miss revela que iniciou a carreira com uma mão
na frente e a outra atrás. Aí, imagino eu, ela levantou
as duas e foi o maior sucesso.

Sabedoria não é ser sábio – é procurar saber.

Quando leio de algum místico que afirme
ter visto a luz, não me surpreendo minimamente.
Afinal, o que ele esperava: ver o escuro?

Posso entender que uma fatia de carne com apenas
um ovo em cima se chame Bife a Camões, já que
o célebre poeta era zarolho. Mas por que é que a
versão com dois ovos se chamaria Bife a Cavalo?

Ao escolher o prefixo *sub* para modificar o vocábulo *urbano,* os filólogos definiram de saída como os cidadãos em questão deveriam ser classificados.

—◆◆◆—

Mnemônica gramatical.
Parêntese é como torneira:
se você abrir, tem que fechar.

Como o adjetivo comprova, uma criança traquinas
dá sempre a impressão de serem duas.

— ✻ —

A Europa é tão antiga que já poderia
ser chamada de velho incontinente.

—✘✘✘—

Se falecer significa morrer, por que é
que desfalecer não significa ressuscitar?

PIRILAMPO

Um vaga-lume
Vagabundo
Vagava o mundo
Apagado.
Acenda a luz,
Seu vaga-lume!
Acenda a luz,
Seu desligado!

Muito criativo o primeiro casal que, para simbolizar sua união, prendeu um cadeado a uma ponte qualquer da Europa. Mas não se pode dizer o mesmo dos milhares de outros que continuam a repetir o gesto tão mecanicamente quanto as indústrias produzem cadeados.

Era um ladrão tão consciencioso que, antes de roubar, comparava preços.

Tentei converter-me ao budismo, mas certamente não era talhado para a coisa: enquanto meus colegas discutiam transcendências, minha inquietação se resumia em saber se o Buda era gordo porque vivia sentado ou se vivia sentado porque era gordo.

Sartre escreveu sobre a gratuidade da existência humana tomando cafezinhos caríssimos no Deux Magots.

A vantagem de estar sempre ocupado é poder não se ocupar do que interessa de fato.

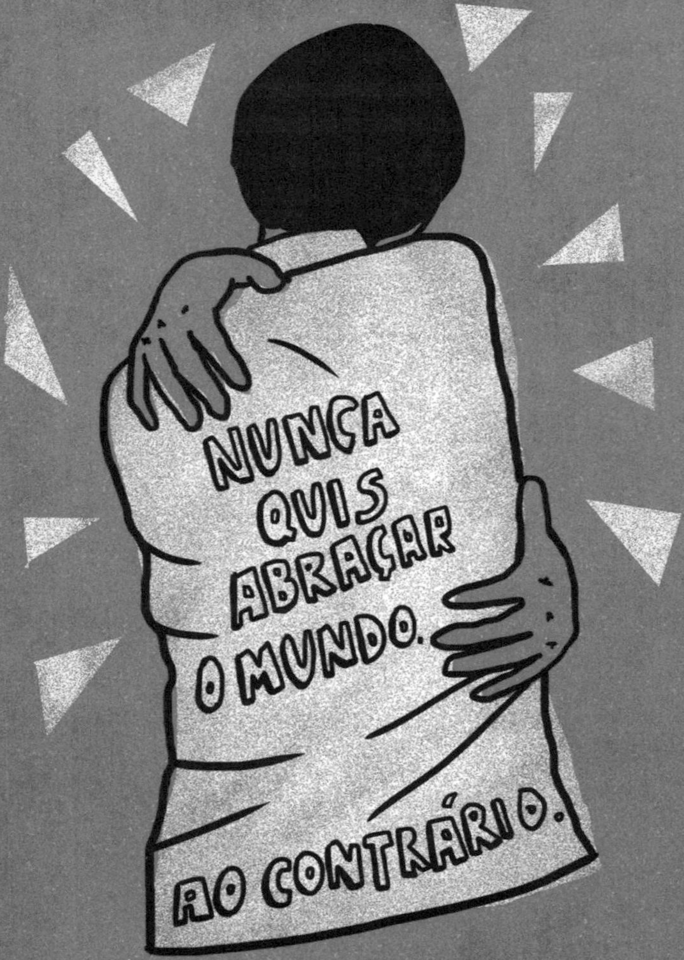
NUNCA
QUIS
ABRAÇAR
O MUNDO.
AO CONTRÁRIO.

Os franceses trabalham 35 horas por semana. No Brasil, 35 horas por semana mal dão para chegar ao trabalho.

O café da manhã mais popular na Idade Média consistia de pão mergulhado no vinho – e o povo reclamava muito quando faltava vinho.

Desculpe decepcioná-lo, mas o vocábulo *putativa* não guarda nenhuma relação com *bordel*.

Já existe uma facção da máfia bastante sensível aos problemas do meio ambiente: seus desafetos são enterrados em cimento ecológico, que possui um nível de CO_2 muito mais reduzido.

Se por um lado os projetos de fiação subterrânea desobstruem e embelezam a paisagem urbana, por outro tumultuam a rotina fisiológica de vários de seus pequenos habitantes: ao cachorrinho, por exemplo, subtraem o poste onde fazia o nº 1; e à andorinha, o fio onde se equilibrava para o nº 2.

Não pretendo escrever a história do cachorro mais famoso do cinema, mas posso contribuir com o título: Rin-Tin-Tin Por Tim-Tim.

Tolstói demorou sete anos para escrever *Guerra e Paz*. Estou fazendo tudo para ver se consigo ler a obra em tempo igual ou inferior.

Na juventude eu acreditava que dinheiro pudesse trazer felicidade. Perguntem se mudei de ideia.

Antes de aprender a contar, eu já conhecia o ordinal milionésima. É que minha mãe vivia dizendo:
– Vou repetir pela milionésima vez...

Banguela, no sentido de desdentado, não guarda nenhuma relação com *banguela* enquanto *declive percorrido por um veículo em ponto morto*. Mas a prática desta última pode, como consequência, ocasionar o primeira.

É pré-escola, mas as mensalidades
são de pós-graduação.

O avô, querendo dar lição de conduta ao neto
mulherengo: – Saiba que seu avô casou com
a primeira namorada! Ao que o jovem, virando-se
para a velhinha do outro lado da mesa, pergunta:
– E a senhora, vovó? A mulher faz uma conta
de cabeça e responde sem piscar: – Acho
que foi com o terceiro ou quarto...

Quem ama o feio, bonito lhe carece.

Desde que você não engula o caroço, manga com
leite não oferece nenhum risco.

Quando uma mulher põe alguma coisa na cabeça
que não seja chapéu, é muito difícil tirar.

Horóscopo, errata:
– Atenção, nascidos no 1º decanato de Áries a quem ontem recomendamos raspar a cabeça para aproveitar a energia positiva da lua crescente: infelizmente estamos na lua minguante.

Para tornar seus produtos mais concorrenciais no mercado internacional, o Paraguai está criando um selo que deverá atestar a condição de legítima imitação paraguaia.

Nos controles de aeroportos, sempre me pedem para esvaziar os bolsos – como se as companhias aéreas já não tivessem cuidado disso.

Modo imperativo: forma verbal preferida de quem não tem modos.

Não é difícil entender por que, na velhice, as pessoas prefiram a solidão à companhia dos mais jovens: seguramente não querem gastar com quem tem muito o tempo que para elas é tão pouco.

Se você não sabe que direção dar à sua vida, sugiro quatro: ↑ NORTE, ⬇ SUL, leste →, ← OESTE.

Erros: procure reparar os seus
em vez de reparar nos meus.

Vivemos num mundo
Onde o probo
No fundo, no fundo,
É considerado um bobo.

Reclamar de comida de avião é a mesma coisa
que se queixar de que os restaurantes voam mal.

Há pessoas que, na ausência de um espelho,
não conseguem refletir.

Quando eu era criança, uma música chamava
as mães de rainhas do lar. Não sei na sua casa, mas
na minha nunca vi uma rainha trabalhar tanto.

Até que ficasse para trás,
tinha um grande futuro pela frente.

———//———

O que chamam de sobrevida
geralmente é uma submorte.

\\\\\\\\\\\\

Para melhorar a performance sexual, os médicos
dizem que precisamos dormir oito horas por noite.
Mas, se dormirmos oito horas por noite,
a que horas vai acontecer a coisa?

Tem dia em que acordo disposto a tudo.
E 364, em que não.

Elementar, meu caro Watson: Sodoma ficava às
margens do Mar Morto, que tem o mais alto índice
de salinidade do mundo. Era previsível a substância
da estátua em que a mulher de Lot se transformaria.

A igreja católica tem perdido tantos fiéis que a expressão *Missa das Dez*, que antes se referia ao horário do rito, agora diz respeito ao número de pessoas que a frequentam.

Apesar de não poder alardear nenhuma grande experiência na cocção de animais vertebrados aquáticos, nunca entendi a expressão *puxar a brasa para minha sardinha*. Não seria mais prático – e muito menos perigoso – puxar a sardinha para mais perto da brasa?

Cuspir contra o vento não só é índice de má educação como ignorância das leis da física.

Quando o feriado cai na quinta, os carrascos enforcam a sexta?

No Brasil, é sempre recomendável que o turista olhe para os dois lados antes de atravessar a rua. E depois rasteje para evitar alguma bala perdida.

Os boatos viajam tanto que,
se participassem dos programas de milhas,
quebrariam as companhias aéreas.

— + — + — + —

Cada vez que duas torcidas se defrontam,
quem perde é a civilização.

Que ingenuidade a minha.
Todo domingo eu e minha namorada íamos
à igreja confessar. Para mim, o padre sempre
prescrevia três ave-marias e três pai-nossos.
Para ela, nunca menos de dez.

———•———

Para se redimir da colaboração com o nazismo,
Von Braun ajudou a levar o homem até a lua.
Mas não acredito que o feito tenha sido suficiente
para levá-lo até o céu.

Quando alguém admite que tem mil defeitos,
no fundo no fundo não acredita
que sejam mais do que dois ou três.

Se bastasse ter **FÉ**, a igreja não precisaria passar o **PIRES** no fim da missa.

Sabe quando você vai ao médico por causa de uma dor mas, chegando lá, a coisa não dói mais? É mais ou menos o que acontece com a inspiração: no tempo em que corro para o laptop, ela desaparece.

— x x x —

O lema do dorminhoco:
viver como se não houvesse a manhã.

Uma andorinha só não faz verão, mas reduz
a chance de fazerem cocô na sua cabeça.

Não falei que sou mais inteligente do que os outros.
Disse apenas que estou cercado de imbecis.

Camisinha de Vênus.
Sou do tempo em que preservativo
ainda tinha nome e sobrenome.

Não sei se se trata de algum gesto de solidariedade inconsciente, mas vocês já notaram que as sinfonias de Beethoven são sempre executadas num volume ensurdecedor?

Desde que usem álcool, não tenho nada contra ser mantido vivo artificialmente.

Não confundir prognata com magnata: o primeiro tem a mandídula alongada; o segundo, a ambição.

Adeus, privacidade.
À chegada dos fieis, o confessionário da igreja rodava a seguinte mensagem: – Por motivo de segurança, essa confissão poderá ser gravada.

Lembram das cartinhas tão atenciosas com as quais as editoras comunicavam a recusa na publicação de seu livro? Então, a última vez recebi um tweet.

O médico diz que meu problema de colesterol
é genético. Mas como, se faz séculos que não vejo
minha família?

Já li mil explicações para o fato de Deus ter feito
a luz três dias antes de criar o sol. Apesar de
engenhosas, nenhuma delas consegue aclarar
essa inversão de causa e efeito. Menos ainda se
lembrarmos que seus autores devem ter ligado a luz
antes de escrevê-las – e não depois.

Sempre que ouço alguém dizer
– Longe de mim essa ideia...
fico imaginando quão perto na verdade ela está.

Recebi uma segunda carta anônima: deve ser
do mesmo remetente ou então de um homônimo.

E o coitado do porquinho-da-índia
que não é porco nem da Índia?

Se à noite os neurônios ficam de fato trocando ideias, está explicada minha insônia.

Tudo bem que a foice e o martelo simbolizassem os camponeses e os operários mas, dada a importância do ballet na cultura russa, o que teria custado juntar uma sapatilha?

Noivado.
Período de tempo em que, já tendo comprado o apartamento, você está à espera da entrega das chaves.

Quem nunca pecou que atire a primeira pedra, mas gentilmente traga-a de volta. Do contrário, quando citarem de novo o provérbio, vão ter que usar a segunda pedra.

Sic transit gloria mundis.
Como esperar que a glória do mundo não seja transitória se mesmo uma permanente, como qualquer mulher poderá lhe confirmar, não dura mais do que seis meses?

Se os pobres de espírito vão de fato herdar o Reino dos Céus, por favor me passem o endereço do inferno.

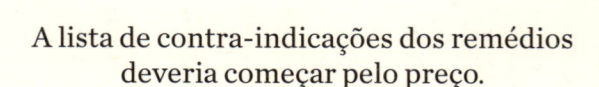

A lista de contra-indicações dos remédios deveria começar pelo preço.

Três doses de uísque, eu bebo sem problema. Mas, de quatro para cima, a frase já antecipou a posição em que costumo ficar.

Quanto tempo ainda até que as redes de TV passem a comercializar o Minuto de Silêncio?

Definição botano-filológica.
Amora é uma infrutescência que costuma dar nos dicionários entre as palavras amor e amoral.

Fanfarronada: prato de pasta preparado por um bufão.

Ainda bem que não sou famoso, pois não conseguiria conviver com ideia de já ter um obituário semipronto nas redações de jornais.

⋘⋘ ⋙⋙

Segundo o dicionário, sexador é um técnico que faz a identificação de sexo dos pintinhos. Tolo eu de pensar que o pintinho já fosse identificação suficiente.

Desconfie de quem vive dizendo que lhe dá sua palavra. De tanto distribuí-la, seguramente ele não mais a possui.

Casal de policiais se separa e mulher obtém a guarda dos filhos. Resultado: marido perde não só os filhos como também a guarda.

Conformismo.
Achar que poderia ter sido pior,
por pior que tenha sido.

Vamos admitir que eu não venha a merecer a vida eterna, mas será que não rolaria uma meia porção?

Foi para festejar
Seu novo habitat
Que o os bebês criaram
O tatibitate.

Construído em apenas sete dias, é compreensível que os elementos de que se compõe o mundo apresentem diferentes graus de perfeição. Mas, cá entre nós, o que custava criar o tempo com características semelhantes às da água que, apesar de finita, pode ter seu consumo controlado?

Sugestão de aviso de bordo para quem se econtre num banheiro de avião durante um período de turbulência:
– Afivele seu cinto e retorne ao seu assento!

As pessoas buscam na farmacopeia soluções disponíveis na culinária.

Num workshop sobre o teor alcoólico das bebidas
e o efeito provocado nas aptidões tanto mecânicas
quanto intelectuais do eventual consumidor,
o palestrante disse a certa altura: – Vamos tomar,
por exemplo, um copo de cerveja... Ao que alguém
na plateia estusiasticamente completou: – Vamos!.

———//———

A lei já pune o motorista que dirige alcoolizado.
O que falta agora, quando autuado,
é impedi-lo de dirigir a palavra.

Segundo os livros de psicologia, eu sou a pessoa
mais importante que existe. Mas eles dizem isso
para todo mundo.

Cantiga: forma musical tão antiga que já incorporou
o adjetivo.

Alguém já comparou o pensamento a um passarinho
que voa de galho em galho. A metáfora é boa,
desde que deixemos de fora
o que ele geralmente faz ao pousar.

Graças à internet, as pessoas estão muito mais próximas
umas dos celulares das outras.
...

Só uma parte da literatura latino-americana faz sucesso nos Estados Unidos: a segunda.

Para vocês terem uma ideia de como minha caligrafia era ruim, meus pais achavam que eu iria ser médico.

Não é o cosmético que torna bonita a mulher do anúncio. É a mulher bonita do anúncio que o leva a essa conclusão sobre o cosmético.

Depois que parei de consumir álcool, minha qualidade de tédio melhorou muito.

Conquistar um lugar ao sol.
O venerando axioma que me perdoe, mas continuo dando preferência para um lugar à sombra.

Sonhar uma casa no campo é uma coisa; sonhar com uma casa no campo é outra. Enquanto você não acordar para a diferença, as duas vão continuar a ser o que são: um sonho.

O verbo dar é generoso demais para estar ligado a um sentimento tão sofrido quanto a saudade. As ausências não dão saudade: elas a infligem.

A natureza é sabiá:
Fez cantar os passarinhos
Mas calou
O tamanduá.

Se o instituto da pensão alimentícia tivesse surgido mais cedo, queria ver se os sultões não teriam repensado seus haréns.

O segredo dos negócios é tomar a decisão certa. E ter alguém para fazer o resto.

A gente sempre sabe de que lado está a verdade.
O problema é fazer parecer que é do nosso.

— × × × —

Você já viu alguma mamãe contar com que idade seu bebê aprendeu a ouvir?

Os praticantes de dietas alimentares não perdem peso: o que eles fazem é emprestar alguns quilos para o ambiente por um certo período de tempo.

Para encerrar a discussão com um filho adolescente, muitas vezes basta um gesto: o de enfiar a mão no bolso.

Ameaçado por Napoleão, Dom João VI subverte a frase de seu futuro filho e anuncia:
– Diga ao povo que fujo!

Pela quantidade de conteúdo jornalístico que gera diariamente, a região deveria chamar-se Oriente Mídia.

É o tempo morto
No aeroporto
Que causa enjoo
– Não é o voo.

Se você pensa em si próprio antes de pensar nos outros, é egoísmo. Se, além disso, você quer que os outros pensem em você antes de pensar neles, é egocentrismo.

Expoente: lugar onde o sol se punha.

É muito comum um ator virar político.
O contrário só não acontece porque eles já o são.

AS MULHERES JÁ OCUPAM MAIS DE 60% DO MERCADO DE TRABALHO.

E AINDA QUEREM MEU LUGAR NO METRÔ.

Se sua cabeça só dói de um lado,
tome meio analgésico.

Eu conseguiria conviver bastante bem com
a insônia se minhas minhocas não acordassem
ao mesmo tempo.

Pense antes de falar. Leia antes de pensar.

O trânsito em São Paulo.
Saí de casa em meados de abril; quando cheguei
à 23 de maio, já era 9 de julho.

Não sei de onde poderia ter vindo a expressão *casa da sogra* no sentido de lugar onde cada um faz o que quer. Na casa da minha, pelo menos, não posso mover um bibelô.

Numa palestra sobre o tema, orador ocupa o
púlpito, olha fixamente para a plateia e pensa:
Quem acredita em telepatia, levante a mão.

– Você já viu A *Morte do Cisne*?
– Não vejo nada de que já conheça o fim.

A maioria sempre sem razão.

O pai:– Meu filho, acho que está mais do que na hora
de você constituir família. O filho:– Por que, papai?
O que haveria de errado com a nossa?

Em tempos difíceis, minha mulher
e eu não hesitamos em dividir o uísque.

No princípio era o verbo. Depois veio o sujeito,
à eterna procura de objetos.

Trocar ideias com alguém que não partilhe de nosso
universo cultural é como falar com um marciano.

Como é que pode o alcoolismo ser tão ruim
e o álcool ser tão bom?

Depois de meses de pesadelos recorrentes
com açougues e matadouros, finalmente
descobri a razão: colchão mole.

É reconfortante saber que – mesmo distante –
temos uma família com a qual contar em caso
de necessidade. E, enquanto a necessidade
não se apresenta, é mais reconfortante
ainda sabê-la distante.

Tinha um cérebro que lembrava o mundo pré-colombiano: os dois hemisférios ignoravam a existência um do outro.

O que nossa língua está esperando para criar o verbo turistar? Eu turisto, tu turistas, ele turista, nós turistamos, vós turistais, eles turistam. Uma vez criado o verbo, em vez de utilizarmos formulações cansativas do tipo *Ele foi fazer turismo na Itália,* bastaria dizer: *Ele turistou a Itália.* Muito mais prático e muito mais moderno. Sem dizer que não cobro nada pela sugestão.

Se você tem calos, sapatos é melhor não colocá-los.

– Saí na metade!
Não deixa de ser curioso que, quando um filme desagrada, todo mundo diz ter saído na metade – nem um minuto antes nem depois.

Não tenho ambições paulocoelhísticas mas também não espero vender menos livros do que a soma de parentes que possuo.

VODKA E romancistas, SÓ RUSSOS.

Meu círculo de amizades é bastante próximo do algarismo representado pelo círculo.

Detetive é uma pessoa que tem mania de perseguição às avessas.

Minha mulher e eu costumamos ficar em silêncio durante horas. Depois mudamos de assunto.

O que me faz excluir a hipótese de suicídio é que poderiam passar meses sem que dessem por minha falta.

Baby boomers: geração que, tendo ocupado o planeta desde o final da Segunda Guerra, começa agora a desocupá-lo.

Se você der um peixe para um homem, vai alimentá-lo por um dia. Se você o ensinar a pescar, vai criar mais um vagabundo.

Ir à guerra pela paz é como ir ao bar para ficar sóbrio.

Se voce não gosta de falar em público, basta falar em qualquer outro assunto.

A grande frustração dos adolescentes judeus do sexo masculino é não conseguir usar o kipá de trás para frente.

As duas composições mais famosas de Maurice Ravel são *Bolero* e uma outra.

Trabalho de equipe é aquele que credita ao grupo os avanços conseguidos pelos membros. E responsabiliza os membros por qualquer insucesso sofrido pelo grupo.

———//———

Na hora da conta, era sempre o primeiro a colocar a mão no bolso. E deixá-la lá.

Se os 15 minutos de fama tocam de fato a todo mundo, os meus devem ter passado quando eu estava no banheiro.

———●———

Não sei quais tenham sido os hábitos sexuais da antiga fauna australiana, mas coisa boa não foi – senão, como explicar a existência de um descendente mamífero que bota ovo, tem bico de pato e garras nos pés.

Era uma festa tão chata que resolveram convidar alguns penetras.

Quinze anos depois de Maria Antonieta ter sido decapitada, Napoleão perde a cabeça pela sobrinha dela.

Os países com escassez de recursos deveriam aprender com os jornais de domingo, que conseguem produzir o dobro de páginas com metade das notícias.

Fui criado em fazenda e posso lhe garantir que jamais encontrei uma raiz quadrada.

Furta-cor: tonalidade muito utilizada por pintores cleptomaníacos.

Segundo o pai dos burros, contradança é aquela em que os integrantes executam uma série de movimentos contrários. Vejam vocês: sem sabê-lo, o que eu sempre fiz foi contradançar.

CONVENHAMOS: O HOMEM É UM ANIMAL APENAS MEDIANAMENTE RACIONAL.

– Estou namorando um terceiro-sargento.
– Verdade? Não me lembro de ter conhecido os outros dois.

Minha memória coletiva vai bem.
O que anda falhando é a individual.

Se você não quiser ser a pessoa certa na hora errada nem a pessoa errada na hora certa, basta rearranjar os adjetivos.

O casal de milionários dançava check-to-check.

A água ferve sempre a 100 graus.
Os homens, a temperaturas variadas.

Meu médico recomendou uma taça de vinho às refeições. Minha nutricionista, também. Obediente, estou tomando as duas.

—+—+—+—

Nas construções antigas você não precisa se preocupar com a história de que as paredes têm ouvidos: a essa altura, elas já escutam muito mal.

⟨⟨⟨⟨⟨ ⟩⟩⟩⟩⟩

O problema do direito de ir e vir é que há sempre uma câmera que nos grava indo e vindo.

▲▲▲▲▲▲▲▲▲▲▲▲

Por excluir os calvos, a expressão *ficar com os cabelos em pé* deveria ser considerada politicamente incorreta.

É inútil chorar sobre o leite derramado. Basta que a próxima vez você tenha mais cuidado, seu idiota.

Dizem que não devemos contribuir para a divulgação de uma fofoca, mas o que mais poderíamos fazer com ela?

Linha reta: a menor distância entre o sinal ortográfico aí de trás.

Com todo o respeito de que nosso hino possa ser merecedor, o fato é que não conheço nenhum outro país em que a liberdade tenha seio.

São tantos os museus em construção que daqui a pouco vai haver mais parede do que artista.

San Marino é uma porção de terra cercada de Itália por todos os lados.

Aristófanes, Aristóteles, Diógenes, Ésquilo, Eurípedes, Heráclito, Hermógenes, Heródoto, Parmênides, Péricles, Pitágoras, Sêneca, Sócrates, Sófocles, Tácito... Parece que, no mundo antigo, a primeira condição para o sucesso era ter um nome proparoxítono.

Democracia é o governo do povo, pelo povo e para o povo. E só não é mais do que isso por falta de preposição.

Regra nº 1 do manual de turista: mais cedo ou mais tarde, todo lugar vira lugar-comum.

Namoro: ir ao encontro de.
Casamento: ir de encontro a.

As mulheres só defendem a igualdade entre os sexos até o momento em que se transformam em ex-mulheres.

A gripe é um POST-IT de nossa condição humana.

TROVINHA PACIFISTA.
A bomba H
Que eu imagino
(A imaginação
Tudo pode)
É um artefato
Ladino:
Na hora H
Nunca explode.

E daí que o coelho correu mais do que a tartaruga? Pergunte se ele vai conseguir partilhar a história com seu tataraneto?

Li que os sem-tetos saíram às ruas para protestar. Como *saíram* se eles moram nelas?

Quem for contra o porte de arma, permaneça como está. Quem for a favor, mãos ao alto.

Só haverá igualdade de sexos quando, no Dia dos Pais, eu puder presentear o meu com um liquidificador.

Os arrastões em restaurantes de fato têm mexido com os nervos das pessoas. Num almoço de grupo, foi só eu dizer – *Me passem o tutu* para que instantaneamente se materializassem quatro ou cinco carteiras sobre a mesa.

Sou um entusiasta do movimento food truck. Todo dia no almoço, sentado a uma mesa com toalha branca, talheres cintilantes e um garçon ao lado, não deixo de levantar um brinde à ideia.

O problema de fazer turismo no Brasil é que, enquanto você tira fotos, tem sempre alguém tentando tirar câmeras.

Com a proibição de acender cigarros a menos de três metros dos edifícios, os fumantes de Nova York não vão mais morrer de câncer: serão todos atropelados.

Unicórnio: criatura mitológica que, além de povoar fábulas, torna menos improvável a tarefa de quem procura chifre em cabeça de cavalo.

Dizem que, dentro de pouco tempo, a ciência terá condições de escanear o cérebro humano e transformá-lo num software que nos permitirá viver indefinidamente num computador. Não que essa perspectiva de robotização me entusiasme, mas a vantagem é que não vou mais ter dor nas costas.

Como devemos chamar um escaravelho jovem?

Você já notou que as pessoas mais bem pagas do mundo – atletas, artistas e modelos – trabalham de pé? A conclusão óbvia é que, se sua atividade depende de uma cadeira, é assim que você deve esperar a fortuna: sentado.

Procrastinar: um daqueles casos em que a prática do conceito é mais fácil do que a pronúncia da palavra.

Não sei vocês, mas às vezes eu penso que aquela fatídica noite a Yoko bem que podia ter preparado um yakisoba em casa.

A Nova Zelândia produz tanta maçã Fuji
que cheguei a pensar que o monte fosse lá.

Ao casar, era doze anos mais velho do que minha
esposa. Hoje, quando ela acaba de desfazer mais
um aniversário, já sou vinte.

Existem dois tipos de pessoas: as que fazem
e as que dizem ter sido elas que fizeram.

Não vejo nenhum problema em pagar pelos meus
pecados, mas não daria para fazer isso online?

A tendência a abreviar palavras está ligada a um
processo anterior de abreviação do pensamento.

A BOA VIDA.

SOL NASCENTE:	SOL A PINO:	SOL POENTE:
NO LAR.	NO MAR.	NO BAR.

Um ponto (a)final.

Sempre admirei os autores capazes de adiar ao infinito o uso de um ponto final, compondo frases quilométricas onde ao pensamento principal, tal qual reforços para um batalhão em perigo, vão-se agregando reflexões e informações secundárias, o todo serpenteando por entre cláusulas e conjunções, vírgulas e pontos e vírgulas, fazendo crer às vezes que o pensamento se encaminhe numa direção apenas para surpreender com uma reviravolta que nos obriga a rever expectativas, quando não a recuar algumas linhas na leitura; frases das quais não conseguimos tirar os olhos, não só porque nos prendem como se fôssemos feitos de alguma substância imantada e elas, de metal, mas principalmente porque não admitem uma leitura desatenciosa como a que praticamos, por exemplo, nos transportes coletivos onde nossa quota de concentração fica dividida entre a bolsa que eventualmente estejamos carregando, a parada em que teremos que descer, e a jovem que acaba de cruzar as pernas à nossa frente; essas frases, eu dizia, sempre tiveram minha admiração porque sei, por experiência própria, o que significa alongar um pensamento cuidando ao mesmo tempo de manter intacta a arquitetura do texto e, mais importante ainda, a assim chamada coerência do discurso, dois atributos que não podem estar ausentes de qualquer peça ou gênero de escritura, sob pena de comprometer não só o conteúdo da mensagem como também a fruição que ela possa proporcionar ao leitor do qual se exige uma espécie de galope vocabular ao mesmo tempo em que se lhe nega, adiando-a ad infinitum, a reconfortante pausa de um ponto final; são frases assim que sempre admirei, sentenças que transbordam os limites convencionais de duas ou três linhas e esparramam-se por laudas e laudas, desafiando nossa capacidade de concentração, tão habituada que é à aparição contumaz desse circulozinho preto tão insignificante quanto salvador.

*fim**

*Não poderia terminar o livro sem uma nota de pé de página, recurso o mais das vezes presunçoso, redundante ou inadequado, mas que sempre confere um certo ar de erudição tanto à obra quanto ao autor.

GRÁFICA PAYM
Tel. [11] 4392-3344
paym@graficapaym.com.br